A.M.O.U.R

SLAM

ANNE VICTORIA HENRARD

COLLECTION LIVRE AU CARRÉ

HORS-SÉRIE

ANNE VICTORIA HENRARD

A.M.O.U.R.

Slam

CARRÉ HORS-SÉRIE

À Bou et Laetitia, à leur enthousiasme porteur, à leur présence en filigrane dans les mailles de ce recueil de slam assumé, entre écriture et oralité.

Assassine

Dans cette histoire assassine, il n'y a ni début ni fin
Sur un fil tendu, nos vies se balancent dans le vain.
Le vain du vain, sans ivresse.
Les vers du poème sans entrain
Ne jamais vouloir sonder le fond.
Flotter.
Ne pas aller au front.
Surface de flaques d'eau sans tréfonds.
Un destin de feuilles en automne.
Un être qui déraisonne et s'illusionne. L'abysse. De profundis.
Ne pas se connaître mais paraître
Ongles vernis, surface polie. Pas question de mains dans le pétrin.
Visages poudrés, farinés, masqués.
Et puis un jour, tu m'as pointé, moi le désappointé, sans intérêt

Je n'étais plus ce mec de rien

Je me suis envolé.

Je suis devenu le meilleur de l'autre.

Un apôtre.

La Sixtine n'a plus de secret depuis que de l'index tu m'as touché.

Le ciel s'est étoilé, a comblé ce trou béant sous mes pieds.

Celui que je ne voulais pas regarder.

La caresse sur la tête du chien.

Il te mange déjà dans la main.

Faut pas grand-chose quand tu es affamé.

Faut pas grand-chose pour te rassasier.

On croit vite à l'éternité avant l'heure.

Tu t'es changée en sirène d'écume pour nager dans mon cœur,

Couverte de bleu pour que je m'envole dans tes yeux

Tu es devenue lame pour pénétrer mon âme.

Dans ton costume de lumière tu m'as ébloui,

Fait briller en moi la plus infime particule de vie.

Je n'ai jamais cru un seul instant, qu'à mon corps défendant, tu ferais un salto arrière.

Que d'un coup entre le vide et la vie il n'y aurait plus de barrière.

Tu as sauté plus haut sur cette corde que j'avais oubliée.

Sous moi, tendue.

Tu l'as fait exprès.

Tu l'as fait sans émoi.

Toi la corrompue

Un regard froid.

Un temps d'hiver.

Et le ciel s'est vidé, le trou s'est creusé qui m'a aspiré vers des zones inhabitées.

Froides, mortelles, mortifères.

L'enfer.

J'avais déjà perdu mon balancier

Il n'y avait rien à quoi me raccrocher

Métamorphosé.

Ma tombe dans l'ombre.

Mon fossé.

Je tombe.

Toi tu te balances, en équilibre au-dessus de ma douleur

Ta beauté n'était qu'un leurre qui cachait ta noirceur.

Pourquoi m'avoir touché si c'était pour me faire tomber.

Prémédité.

Dieu n'a pas mieux fait.

Tu l'as même surpassé.

Faire croire au paradis devrait être puni par la loi

Interdit.

T'avais pas le droit de prendre le meilleur de moi.

T'as fait ton grand numéro en solo

Dans ce cirque, tout en haut.

Dans cette histoire il n'y a ni début ni fin.

Un fil tendu au-dessus du ravin se casse.

On se ramasse la carcasse comme on peut.

On se noircit du noir du trou où l'on tombe.

La tombe.

La bombe.

La crasse.

On croit qu'on a la faute chevillée au corps.

La faute originelle.

Dieu n'a pas mieux fait

Pas pire qu'elle dans les faits.

Dans cette partition, je n'ai pas retrouvé les accords.

J'ai comme perdu une aile

Dans cette histoire, il n'y a ni début ni fin.

Je suis suspendu au bout d'un fil.

Je mesure l'abîme.

Tranquille.

C'est sans fin, sans rime

Artiste de ma vie en balance dans le vain.

Du doigt tu m'as touché comme si

Du doigt tu m'as fait basculer comme si

Tu m'as aimé comme si j'étais cet homme que Michelangelo a peint.

Au fond, un homme de rien.

Faut pas croire tout ce que tu vois.

Faut pas croire tout ce qu'on te dit.

Là, là, arrête d'être las

Las de lassitude, las de ce ballet dans ta tête

De ce va-et-vient qui ne mène à rien.
Fais plus l'enfant désabusé, arrête de gober des bobards
Le funambule en face de toi te balance dans le vide.
Tu es de trop sur sa corde à lui.
Tu dévides.
Il ne peut qu'anéantir pour se nourrir
Pour supporter son propre ennui.
Pour ne pas souffrir.
C'est toi ou lui.
Il a choisi.
Il est fait de néant, de gouffre, de vide, de vent.
D'illusions d'assassin tout puissant.

Rappelle-toi
Regarde-toi
Au fond du Jardin des Délices, un autre peintre touche au destin.

Ta finitude est là au dernier festin.

Ta décrépitude annoncée, ta déliquescence programmée.

Inexistence.

Alors cherche ta pitance, des forces pour te ramasser.

T'es rien si tu ne te relèves pas.

T'es rien sans le combat.

Pas à pas, maladroit, remets-toi

Faut que tu avances.

Te jeter dans la danse

Même si la chape de béton de ton désespoir t'abrutit

Que le poids des souvenirs t'ensevelit.

Ta résurrection est insensée, tu te le dis.

Pourquoi guérir quand la douleur reste le dernier souvenir.

Se dire qu'on n'a rien vu venir, trop facile.

Se jouer la déprime en prime, trop débile.

Au milieu de la toile de l'autre, qui vous tisse votre linceul avant l'heure

Bouge, rage, déménage, ne reste pas à côté de ton fil
Prends rendez-vous avec le bonheur
Même si ce mot tu l'as rayé de ta liste, honni
Retourne sur ta corde de vie, joue-la à l'infini.
Oublie la peur
Un autre prendra ta place et souffrira sous les doigts du marionnettiste.
Toi tu t'en sortiras.
Tu te remettras en piste.
Palace.
La classe.
Trouve sur ta route une main qui a déjà compris, qui te sort de l'abîme
Sans te demander un centime ou la dîme.
Et si son regard te touche au bord du trottoir
Au bord de la route qui te déroute.
Comprends que c'est ta boussole.
Prends de la terre, de l'argile

Au fond, t'es pas fragile.
Tu vaux mieux que ce qu'ils disaient !
On ne te l'a pas dit assez, on ne te l'a pas répété !
C'est insensé.

Cette histoire assassine qui n'a ni début ni fin
Ne te mènera pas plus loin.
Mais toujours tu t'accroches et tu doutes
Tu arraches la croûte.
N'oublie pas que le chemin trace la route
Jette-toi dans la farandole
L'air peut faire une autre chanson.
Mais pour celui qui reste en déraison, c'est prison.
Fais pas ton lézard, laisse rien au hasard
Du grand art.

Tu sais maintenant qu'en bas il y a le ravin

Et que coûte que coûte il te faut remonter sur le fil, saisir ton balancier.

Équilibre.

Chercher la belle couleur sur ton nuancier.

Vibrer sur la corde tendue. Libre.

Plus ton regard file vers l'horizon, plus tu vois d'étoiles.

Le ciel est là pour toi, c'est ta voile.

Remets de la lumière dans ton film.

Inscris sur la pellicule un amour plus grand.

Tu ne te perdras plus dans le noir d'une salle obscure au dernier rang.

Surtout lâche ceux qui veulent te faire tomber

Miroirs de narcisses factices.

Garde-les au loin, à distance.

Sur ton fil à toi, tu t'en balances.

Amuse-toi de leurs tours, de leurs paroles de théâtre.

Tu peux en rire, et rire avec eux mais ne leur donne plus la clef.

Fini d'en débattre.

Il y a eu maldonne dans ta vie.

Recommence ta partie.

M…

M pour ne faire qu'un

M pour la beauté du geste

M les étoiles qui viennent au monde

M les galaxies assoiffées de voyage aux confins d'un univers incertain

M pour en finir avec les lendemains qui déchantent.

M pour rien si ça te chante

M parce que rien n'arrive jamais à point.

M pour en finir avec la faim

M pour que je garde ton souvenir dans le creux de ma main.

M pour que je te garde au chaud une fois que je serai loin.

M pour chasser la peur

M pour chasser l'ennui

M pour chasser la colère et vaincre l'ennemi.

M pour découvrir qui tu es

M me découvrir assoiffée, décoiffée, hébétée

M l'autre et si tu peux, presque comme toi.

M la caresse du vent sur toi

M le goût sucré des prunes sur ma bouche

M le chant du matin dans la brume

M la peau sur laquelle tu as jeté l'ancre

M le corps nu dans tous ses défauts

M la finitude

M l'infini

M l'immensité

M l'infiniment petit

M la vie

M le vent, la pluie

M pour découvrir la frontière de mes bras

M mon corps quand il se bat, se débat

M mon corps qui me lâche déjà

M mes abîmes et tourments

M ne faire qu'un avec la vie

M à n'en jamais mourir

M d'ici à la lune sans mentir

M sans me reprocher d'aimer moins que toi

M sans te reprocher d'aimer moins que moi

M la mer et ses bourrasques d'hiver

M le voyage sur cette terre

M les jours où je t'enchante, quand je te regarde, je t'écoute et que mon âme chante

M le vert de mes yeux, la forêt mystérieuse qui te hante

M mes doutes

M sans amertume, sans peine, sans attente.

M si tu peux, de toute ton âme, de tout ton cœur

M au-delà des apparences

M au-delà des différences

M le regard pudique face à la douleur

M à la folie avec classe

M la diva et le divin, en retenue, en sourdine, avec brio

M rire aux éclats

M pleurer dans mes bras

M parce qu'aimer a mille visages, mille yeux, mille destins.

As-tu lu ce que je t'ai écrit ce matin ?

« Je t'M »

En texto limité à trois mots.

Incertain.

P.-S. M'aimes-tu encore ?

O... Oh ! Maman les p'tits bateaux !

« Allant droit devant eux

Ils font le tour du monde

Mais comme la terre est ronde

Ils reviennent chez eux »

Quand tu étais enfant, je te l'ai souvent chanté

Mais il est temps pour moi de te dire la vérité.

Écoute-moi bien petit car c'est la dernière fois que je le crie !

Ne sois pas en partance sur des rafiots bidon.

Ceux qui t'abandonnent, te recalent en cale de leurs voyages en rond.

Si la pantoufle de l'autre avait été en vair, V.A.I.R

Pas en verre fragile, durabilité nulle, pire qu'une bulle !

La face de l'amour en aurait-elle été changée ?

Zibeline ou Crystal ? Princes et cendrillons dans le tourbillon de leurs émotions.

Tout le monde comprend mal, bancal, de travers.

Comment démarrer une belle histoire si elle commence à l'envers.

Et si notre synopsis n'avait déjà pas butté sur un mot,

Je n'aurais pas eu besoin de prendre l'air, je serais resté, frérot.

Et maintenant c'est toi qui n'as plus le choix.

Laisse ceux qui n'ont pas pris soin de toi.

Va droit devant toi, fais le tour du monde de Sydney à Ushuaia.

Comprends-le, on t'éteint

Des cadeaux pourtant tu en as eu plein les mains,

C'est vrai, tu ne pourras rien leur reprocher.

On te le dit assez.

Ils ont fait ce qu'il fallait.

Ils vont juste divorcer.

T'inquiète tu passeras l'été dans un 5 étoiles au soleil

La Noël aux sports d'hiver avec ton père.

T'auras deux fois plus d'oseille.

Oh arrête de chialer, les yeux rivés vers l'impossible.

Ton chagrin n'est pas audible.

Regarde plus loin que l'horizon

Barré de barré.

Ils se sont barrés. Trop barrés.

Ils se reconstruisent, qu'ils disent.

T'es là sur le quai. T'as treize ans et demi.

T'es encore en semis.

T'as pas tout compris.

Tu leur pourris la vie aussi.

Mauvaises notes, colles, alcool

Cris, pleurs, colères LOL

Oui t'es un gosse de chair, d'os et de rêves

Faut pas que tu crèves.

T'as quoi comme vision que ces bateaux qui tournent en rond.
Les pieds sur la table, la bière au frigo.
Les chips au petit déj, la dèche.
French manucure, le maillot, la frime, la déprime.
L'apéro en solo.

Ici, pas de bouquins, pas de poèmes, pas d'opéras
Tu fais tes devoirs comme tu peux dans ce trou à rats
La télé allumée parle de lendemains incertains
Pas de dîner à table. Des crasses dans le cartable.
Là-bas, c'est trop de tout, le trop plein.
T'as pas une minute à toi, tu dois marcher dans leurs pas.
T'as un planning, des évaluations, des stages à tour de bras.
T'as peur de décevoir, de rater, de te ramasser
T'as moins que rien en fait, mais on te dit que tu as tout
On te cherche des poux.

Tu les tracasses ? Mon dieu ! C'est juste pour épater la galerie ! Classe !

T'es juste un sujet de discussion.

Espèce de petit con.

Personne ne sait ce que sont les choses, ce qui se passe derrière les portes closes.

Ils n'ont jamais le temps de jouer avec toi et te calent dans des coussins qui t'étouffent.

La télé, les écrans comme un gant sur la bouche.

T'as pas compris, on te vide l'esprit.

C'est pour cela que je t'écris.

Je suis ton grand frère, celui qui est parti avec le vent quand tu n'étais qu'un enfant.

T'as une aile rognée, mais tu peux encore attendre la marée.

Trouver d'autres chemins comme je l'ai fait.

Ce n'est pas foutu si tu largues les amarres et ceux qui n'ont pas su te protéger.

Trouve la paix

Change d'air, de quartier. Oublie-les.

Je sais, tu n'as que treize ans et demi, tu es encore en semis

Alors, avant de t'en aller, écoute le vent, reste dans la marge encore quelque temps.

Et arrête tes conneries.

C'est ton grand frère qui le dit,

Ne prends pas de chemins pourris.

Endure, prépare les voiles, écris ta peine, trouve-toi de vrais amis.

Accroche-toi au bastingage.

Ce sera mieux pour le voyage.

Tu seras mieux qu'eux, tu feras mieux qu'eux. La rage

Mais si un jour ils t'écoutent enfin et entendent tes pleurs de gamin

S'ils te disent : « on a fait ce qu'on a pu », on n'était pas très malins.

On n'était pas parfaits. On ne comprenait pas ce qu'on faisait.

On est désolés.

Au carrefour de ta vie, on a pu s'arrêter juste à temps, on ne t'a pas percuté de plein fouet.

Le pronostic vital n'est pas engagé.

On n'a pas voulu te briser.

On s'est méchamment paumés dans les directions

T'es vraiment pas un con.

Alors laisse-leur encore une chance de t'aimer.

Ça mérite réflexion.

Mais si sur tes doigts, ton cœur, sans cesse ils tapent

S'ils continuent leur travail de sape,

Pas de pitié, crève l'abcès et va-t'en sans regret.

Qu'est ce que tu leur dois ? Rien d'autre que de reprendre ta liberté.

Comme un coup de pied, comme un pied de nez.

Pour t'affirmer.

Et si ils viennent un jour pleurnicher, cale-les dans les coussins du divan comme ils l'ont fait.

Ne les laisse pas t'apitoyer.

Ne les laisse pas rabattre ta voilure

Pense à toutes ces souillures.

Moi ils ne voulaient pas m'écouter. C'étaient des gens parfaits.

Ils n'ont pas vu la casse qu'ils ont fait.

Ils étaient sûrs de leur bon droit.

Même devant les hommes de loi.

Mes blessures ne sont pas refermées, pas cicatrisées mais loin d'eux j'ai appris à respirer.

Crois-moi p'tit frère, je te le dis sans colère

Il y a des bateaux, qu'ils aient des jambes ou qu'ils n'en aient pas…

Ils ne reviennent pas !

Le U de l'aimant

As-tu mis de l'ordre dans tes folies, tes envies

Veux-tu toujours le soleil à minuit

Ton seul désir c'était de te tenir debout

Que fais-tu à cette heure de la nuit

Es-tu à Paris, repeins-tu l'Acropole, bois-tu un thé à Tombouctou

As-tu fini d'arpenter, de déambuler sans fin

Sur ton côté du trottoir avec tes idées noires ?

Iras-tu danser un tango en Uruguay ?

Cherches-tu encore le U de l'aimant, du fer à cheval, de la chance, qui s'enfuit toujours devant ?

Humain avec un H muet, plus muet que jamais

De tes nouvelles j'en ai par bouteilles à la mer

Quand le désespoir s'attable et que tu ne goûtes plus rien

Alors tu reviens.

Tu te souviens des grains de sable sur une plage de juin.

Des dunes ondulantes de la plage d'Ostende

Des rouleaux de vague qui mouillent le bas de ma jupe et laissent un goût salé sur mes jambes.

Des embruns qui caressent ma nuque.

D'un cracheur de feu à la nuit tombante.

Baladin fourvoyé pour nous enchanter.

D'un café perdu dans le port de l'ennui infini de vies en attente.

De pages lues au creux de tes bras.

D'une brume matinale au bout de la nuit qui va sonner le glas.

Tu sais au moins ce que tu ne veux plus.

Je t'écoute sans plus

Je me sens l'élue

Personne ne te mettra plus en boîte à la Andy Warhol

Je m'affole

Si l'amour est compliqué à souhait, c'est que tu es à côté de la plaque.

Je prends une claque.

Tu fais tonner les mots, pour mieux te protéger.

Tu plaques tous mes espoirs au sol.

Me fait basculer dans l'entresol

Tu clames que tu as peur.

Que tu as commis trop d'erreurs.

Tu t'enfonces dans tes gouffres remplis de bitume

Tu me remplis d'amertume

Dans ma naïveté j'ai voulu te sauver

Te prouver que l'amour t'attendait.

J'aurais aimé que tu ne souffres jamais…

Être ce soleil pour te ramener à la vie.

J'ai connu des gens qui s'aimaient simplement, qui sont devenus grands.

Si l'un trébuche, l'autre tend la main, le remet sur la route, n'attend rien.

Des vases communicants remplis de libertés assumées

Respect.

Mais tu me déroutes.

L'amour au premier regard ?
J'ai cru que c'était toi, ma perle rare.
Pêcheur de lune, tu n'étais pas au rendez-vous
Tu t'es trompé de train
Ailleurs tu cherchais l'ivoire
Fixé toujours vers un avenir lointain fait d'incertain
Tu as pris le large, j'ai couru de long en large.
Quand je me suis arrêtée, comme un oiseau qui butte au vent, tu es revenu.

Je ne t'aimais plus.

Mais toi tu m'aimais à nouveau à coup de poèmes enchevêtrés.
Gracias a la Vida.

Je renaissais.

Le feu allumé, tu t'y réchauffais pour mieux me larguer le jour d'après

Je détestais ces taches sombres sous mes yeux, je détestais le bleu

Mes larmes te faisaient peur, disais-tu.

Tu t'enfuyais à la fin de l'été pour me jurer l'hiver venu que tu ne partirais plus.

Brûlant comme le feu, froid comme les glaciers

J'étais vaincue

Je dérivais, me noyais dans des naufrages intérieurs.

Je me faisais peur et devenais goéland qu'aucun marin ne toucherait plus

J'errais l'errance de mots en mots sans réponse

Vaincue par tes silences j'oubliais l'âpreté du dernier baiser

Solitaire, je m'élevais au-dessus du carreau, de l'infortune, du troupeau

Je ne savais jamais si tu m'aimais, t'amusais de moi ou si tu me fuyais par peur de toi.

Fulgurances sanguines d'une détestation sans borne pour le mal accompli.

Brèves déchirures de paradis irisé dans un ciel noir.

Tu détruisais tout. Tu illuminais tout.

Tu revenais à bout de doutes, de peurs, de fausses routes.

Un jour je décidais de t'amener vers le meilleur de toi

Odieuse orgueilleuse.

Samaritaine. Fontaine.

Chaussés de tes sandales d'errant, je te conduisais par la main vers ton destin.

Tu avais soif. Je t'abreuvais.

Je t'ai amené très loin sur ta route au risque de me perdre, de sombrer, de me mutiler à jamais.

Un long voyage déroutant

Un tango dérangeant.

Au bord d'un ponton amarré au-dessus d'une mer déchaînée qui me renvoyait le passé, j'ai su qui tu étais, j'ai su qui j'étais.

Une douleur me déchirait de part en part.

La même te clouait un peu plus sur ta croix.

Nous étions-nous noyés à cet endroit il y a quelques millénaires ?

Qui avait lâché la main de l'autre dans les flots tourmentés ?

Engloutis à jamais dans une étreinte ultime ?

La tempête, le vent, le souffle. Soudain tout s'est calmé.

Et je suis devenue sereine.

Je me détachais.

Je me dissociais à jamais.

La paix me revenait, le pèlerinage accompli.

Deux bougies distinctes posées sur un plateau d'or

Le cœur d'une église miroitant de lumière au bord des profondeurs.

Nous marchions à côté de nous.

Nous n'allions plus jamais nous détester ni nous aimer.

La paix s'est installée.

Nous étions attablés à ce qui serait notre dernier repas.

Nous avons mangé comme des vagabonds qui vont reprendre leur route.

Nous nous sommes souri, pris en photo. Nous étions dévastés,

Étrangement apaisés par cette vérité.

Des étoiles jumelles qui ne peuvent s'allumer au même instant s'éteignaient

J'aurais tout donné pour te garder car à chacun de tes départs le meilleur de moi sombrait.

J'ai résisté

Tu n'as plus rien demandé

Je ne sais ce que tu deviens

Tu ne sais ce que je deviens

Nous avons mis du silence entre nous

La paix telle la neige assourdit nos pas, nos cris, nos pleurs

La mort n'est plus loin

Nos peaux se sont usées sur d'autres.

Nos cœurs sans voies

Nos âmes sans voix

Elles sont restées là bas, au-dessus des rochers blancs, face à l'immensité turquoise.

Elles sont restées là à contempler l'éternité.

Extase partagée

Rien ne pourra les séparer.

Au détour d'une autre vie, je te retrouverai

Au détour d'un chemin, tu saisiras ma main.

Slam qui claque comme un drapeau

Flambeau

Nos amours ne sont pas mortes

À tous ceux que la douleur de la passion n'a pas assiégé,

À tous ceux qui n'ont pu ouvrir la porte,

Je n'ai pas de regret ou si peu…

Juste la tristesse d'amours sans goût

De quotidiens flous

De l'absence des couleurs de cette île perdue à jamais

Tout nous dépassait, était plus grand que nous.

Passion, ivresse.

Divines caresses

Nos corps, nos cœurs à l'étroit

Le U de l'aimant entre amants disparus un soir de naufrage au fond de l'océan

Des profondeurs ne sont remontées que deux icônes dorées

Qu'un pêcheur trouva au fond de ses filets bouleversé.

Rien d'autre de la cargaison

Ni marins, ni chansons

Dans ma vie, il y a eu d'autres voyages,

Comme toi je fus volage.

Mais jamais je n'ai plongé si profond dans l'iris abyssal d'autres yeux

Ni regardé une âme d'aussi près.

Ni …

AIMÉ

La NoRia

Nour a perdu sa lumière

Nour vient de loin, de la misère.

Du froid, du chaud, du désert sans eau

Nour cherche sa lumière mais sur cette terre, il faudrait plutôt s'appeler Bérangère.

Nour la bergère berbère de l'Atlas, montagne altière qui se lasse de voir partir ses enfants,

Nour, là-bas, c'est sa terre, son puits, sa lumière

Ailleurs elle s'éteint. Ailleurs elle ne voit plus rien. Elle s'aveugle de lumières artificielles.

Elle a envie de retrouver les histoires de grand-mère, ses yeux profonds noircis de khôl

De la gare, elle ne voit que le hall

Une valise à la main, son cœur déraciné espère toucher le ciel.

Elle voudrait que sa terre la retienne, reverdisse

Plus jamais ne trahisse.
Elle voudrait puiser ses forces dans les mains de son père.
Le voir labourer ses champs avant que le soleil ne l'écrase de sa chaleur.
Elle voudrait qu'il la chérisse, la nourrisse du pain de la terre où il est né.
Qu'il lui parle de la vie, de ses beautés.
Les voyages c'est pour les riches, ceux qui ont le blé
Qui le vendent, le rachètent, imposent leur prix à la planète.
Défaite.
Nour a les yeux de là-bas. Un reflet des oasis de la vallée du Draa
Sa peau, la couleur de la terre cuite des kasbahs, du sable du Sahara

Ses vêtements au soleil du sud claquaient au vent
Ici, elle claque des dents.
Elle s'enfonce dans des pulls de fortune pour mieux cacher sa misère.
Naître ici ou ailleurs, ça n'a pas d'importance.
C'est d'une insignifiance.

On n'a rien mérité, on n'a rien cherché. On n'a rien décidé !

On est là où l'on naît.

On naît là où l'on est.

Être, ne pas disparaître.

Si tu manges à ta faim, bois de l'eau fraiche de ton puits,

Que le puits soit profond, qu'il te coûte la sueur de ton front,

Ça vaut mieux que l'exil, de te mettre en péril sur des routes difficiles

Le premier pas lui coûte.

La peur. La peur plus que la faim.

Ne pas se retourner.

Nour part demain

Là où elle va, elle en verra de toutes les couleurs.

Elles se confondront toutes pour ne broyer que du noir.

Personne n'a envie de quitter sa vie si sa vie le nourrit d'espoir

Mais ici Nour s'étiole, devient une rose des sables, une rose des vents

Quand t'as vingt ans, tu vaux mieux que le désespoir

Il lui faut aller de l'avant

Elle accroche sa sacoche

Elle serre les poings dans ses poches.

Elle ira loin

Plus loin que ses frères, que sa mère et que son père.

Elle ira vers sa lumière, son destin.

Elle gardera secret le goût des dattes fraîches, du miel, les odeurs de safran.

L'argan

Nour a perdu son accent du Rif lointain

Sa grand-mère lui avait dit en partant :

N'oublie pas d'où tu viens, ma petite Nour

Parle toujours aux autres avec le cœur, avec amour

Respecte ta terre d'accueil même si elle est âpre au toucher

Si ta colère, ton désespoir t'empêchent de la saluer

Souris, Nour

Toujours

Souris des fleurs d'amandier

Tu verras un jour tu creuseras de nouveaux puits.

Un jour tu aimeras l'hiver gris et la pluie

Baya n'a pas pleuré et elle a ajouté

Si tu vas dans leur maison

Essuie-toi bien les pieds avant d'entrer

Autant de puits creusés, autant d'amis gagnés.

Depuis je vis ma vie pas à pas,

Les dattes du supermarché dans mon cabas,

Je garde la cadence de la noria

Dans une ville anonyme ordinaire.

J'ai été plus loin que ma mère, je remplis ma vie de fonctionnaire

Je suis à l'abri, je n'ai plus froid

L'eau coule sans la rivière

Le pain sur la table au quotidien

Je ne connais plus la faim

Je n'ai aucun regret

Je l'ai bien mérité

Grand-mère est enterrée dans un village au pied de l'Atlas.

Je ne l'ai jamais revue

La lumière qu'elle m'a donnée, je l'ai gardée.

Je ne l'ai jamais déçue.

Une étoile du berger.

Un héritage sans partage.

La fierté.

Retrouvez aussi la même collection

Métro, boulot, dodo de Jessica Lefèvre

Départ de Elide Montesi

Elle se soigne maintenant de Elide Montesi

Il n'y a rien à voir, circulez ! de Patricia Duterne

Toujours éviter de dire toujours de Jean-Louis Piersotte

Vivre de Jean-Jacques Richard

Les chaises roulantes de Ziska Larouge

Zéro Pépin ! de Carine Chavanne

Ça va ? de Guido L Z

Saperlipopette de Juliette Nothomb

Evil Woman de Marie-Isabelle Tasset

L'ombre du zèbre n'a pas de rayures de Isabelle Bary et Roseline d'Oreye

Une Vie Rêvée de Olivier Papleux
Une Idée en l'air de Pierre Ost

https://acrodacrolivres.com

De la même auteure :

Tweets

La Bibliothèque d'Igor le Chat

La Marionnette oubliée

Je tu !

ANNE VICTORIA HENRARD

A.M.O.U.R.

Slam

Toute ressemblance avec des personnages existants
ou ayant existé serait purement fortuite.

Conception couverture © Virginie Cazin- Bou Bounoider
Mise en page © Charlotte Fauville

ISBN : 9782870360118
Dépôt légal : D/2019/13.587/C5

Pour le compte des Éditions Acrodacrolivres
à Tilly, Villers-la-Ville, Belgique
2019